Allen Opfern von
Krieg und Vertreibung
gewidmet

Dr. Elisabeth Schinagl, geb. 1961 in München, studierte Latein und Germanistik in Eichstätt und Regensburg. Sie war wissenschaftliche Mitarbeiterin am Lehrstuhl für mittellateinische Philologie an der Katholischen Universität Eichstätt und danach Gymnasiallehrerin. Von 2009 bis 2017 war sie als Referentin im Bayerischen Landtag tätig. Seit 2018 ist sie freie Autorin.

Bücher von Elisabeth Schinagl

Die geheime Akte des Cassiodor
Historischer Roman

Francobaldi
Historischer Kriminalroman

Grenzen
Essay

Dreizehn Tage — Das Leben des Baumeisters Giovanni Domenico Barbieri von ihm selbst erzählt

Besuchen Sie Elisabeth Schinagl auf ihrer Homepage unter http://www.elisabethschinagl.de oder auf Facebook.

Elisabeth Schinagl

WAHN TRAUM LAND

Erzählung

Bibliografische Information der Deutschen Nationalbibliothek: Die deutsche Nationalbibliothek verzeichnet diese Publikation in der Deutschen Nationalbibliografie; detaillierte bibliografische Daten sind im Internet über dnb.dnb.de abrufbar.

Copyright © 2020 Elisabeth Schinagl
Titelbild: Willibald Dirsch
Cover und Textsatz: Heinrich Gartmair
Herstellung und Verlag: BoD – Books on Demand, Norderstedt

ISBN 978-3-7519-9846-8

HELDENGEDENKEN

Für den Spätnachmittag war wieder ein Heldengottesdienst angesetzt. Willi war davon wenig begeistert, denn
das bedeutete für den heutigen Tag eine vorzeitige Been-
digung ihrer Spiele. Ausgerechnet heute! Da war es ganz
besonders ärgerlich. Gestern erst hatten er und seine
Freunde einen wahren Schatz gefunden, von dem sie
zunächst überhaupt nicht gewusst hatten, was sie damit
anfangen sollten. Doch Josef hatte vor dem Einschlafen
noch eine Idee gehabt, die er ihnen dann heute nach
Schulschluss eröffnet hatte. Recht weit waren sie in der
Umsetzung allerdings noch nicht gekommen und jetzt
mussten sie ihr Vorhaben erst einmal unverrichteter
Dinge abbrechen.

Den ersten Heldengottesdienst hatte er noch ganz in-
teressant gefunden, das war etwas Neues für ihn gewesen. Aus Berlin hatte er so etwas nicht gekannt. Doch
mittlerweile war der Reiz des Unbekannten verflogen
und der zusätzliche Kirchgang nur mehr eine unange-
nehme Pflicht. Widerstrebend trennte Willi sich von
seinen Kameraden. In etwa einer Stunde würden sie sich
alle in der Martinskirche wieder sehen. Dann allerdings
frisch gewaschen und in ihrem Sonntagsstaat, was die
ganze Sache für Willi nicht angenehmer machte. Seine
Sonntagshose war ihm inzwischen nicht nur deutlich

zu kurz, sondern vor allem am Hintern und am Bund auch unangenehm eng. Sie zwickte beim Sitzen und die Nähte schnürten ihn ein. Eigentlich hätte er schon längst eine neue gebraucht. Aber daran war in diesen Zeiten überhaupt nicht zu denken. Er wäre auch mit Rudis Hose zufrieden gewesen. Seinem älteren Bruder ging es auch nicht besser. Auch er war mittlerweile aus seinen Hosen herausgewachsen. Wenn man wenigstens für ihn eine neue bekäme, wäre eine ganze Reihe von Problemen gelöst, ging es Willi durch den Kopf. Rudi bekäme eine neue Hose, er, Willi, dann Rudis alte und der kleine Georg könnte Willis Hosen auftragen. Sie wären ihm vielleicht noch ein wenig groß, aber er würde schon noch hinein wachsen. Lieber zu groß als zu klein, so viel stand fest. Doch diese Überlegungen waren im Moment alle noch Zukunftsmusik. Noch musste er sich gedulden und sich mit der viel zu engen, zu kurzen Hose abquälen. Wenn der Endsieg erst einmal errungen wäre, würden sich bestimmt auch diese Probleme alle auf einen Schlag lösen. Ärgerlich war nur, dass man nicht genau wusste, wann das war. Frau Leimer, seine Lehrerin, beteuerte, es könne nicht mehr allzu lange dauern. Ein genaues Datum für den ersehnten Freudentag konnte sie allerdings nicht angeben. Das konnte offenbar nicht einmal der Führer selbst. In seiner Ansprache zum Neuen Jahr hatte er verkündet, was vor seinem Volk lag. Willi hatte der Rede zwar gelauscht, aber nur wenig davon verstanden. Auch Mutter und Tante Walli hatten während der Ansprache aufmerksam zugehört. Gesagt hatten sie nichts dazu, Willi war nur ihr seltsamer Gesichtsausdruck aufgefallen. Beide hatten irgendwie traurig und müde auf ihn gewirkt. Doch als er seine Mutter gefragt hatte, hatte sie ihm beteuert, es sei alles in Ordnung. Nach den Ferien hatte ihnen dann Frau Leimer die Rede im Unterricht noch einmal ins Gedächtnis gerufen. Mit ehrfurchtsvollen Blicken auf das Bild Adolf Hitlers, das hinter ihrem Katheder hing, hatte sie ihren Schülern erklärt, was der Führer gemeint hatte. Das Jahr würde nicht leicht werden. Deutschlands Feinde wollten das Reich zerschlagen und das Volk vernichten. Aber Deutschland würde kämpfen!

«Unser Führer fordert Anstrengung und Verzicht von jedem von uns, also auch von euch, Kinder», hatte sie ausgeführt. Noch hieß es also, sich zu gedulden, auszuharren und freudig seine Pflicht für Volk und Vaterland zu erfüllen. In den Frühjahrsmonaten und im Frühsommer hatte die Pflicht der jüngeren Kinder darin bestanden, Heilkräuter zu sammeln: Huflattich, Schlüsselblumen, Schafgarbe und Johanniskraut. Die wurden dann zu Hause getrocknet und anschließend in der Schule abgeliefert. Die älteren, darunter auch Rudi, hatten zum Kartoffelkäferklauben ausrücken müssen. Frau Leimer hatte ihnen erklärt, dass die Amerikaner und die Engländer die gefräßigen Käfer mit Flugzeugen abwerfen würden, um die Ernte zu vernichten. Aber da hatten sie den Kampfeswillen der Deutschen unterschätzt! Die wussten sich zu wehren. *Sei ein Kämpfer, sei kein Schläfer, acht' auf den Kartoffelkäfer!*, hieß die Devise. Trotzdem war Willi froh, bei diesem Kampf noch nicht dabei sein zu müssen. Ihn ekelte vor den gelb-schwarzen Käfern ebenso wie vor den Larven.

Heute bestand Willis Pflicht darin, Jakob Pfaller in unbequemen Hosen beim Heldengottesdienst die letzte Ehre zu erweisen. Der war auf dem Felde der Ehre gefallen. Wo das genau gewesen war, wusste Willi nicht. Das sogenannte Feld der Ehre konnte überall liegen, wo deutsche Soldaten kämpften, in Frankreich ebenso wie in Russland, in Italien, Nordafrika oder Griechenland. Willi hatte den gefallenen Helden nicht gekannt — genauso wenig wie die beiden anderen, die man in diesem Jahr bereits mit solch einem Gottesdienst für ihre Dienste für das Vaterland geehrt hatte. Wie auch? Sie waren ja erst im letzten Jahr mit ihrer Mutter von Berlin nach Emsing, einem kleinen Dorf in Bayern, übersiedelt. Da war Jakob Pfaller schon an der Front gewesen.

Das ganze Dorf war gekommen und die Kirche war fast bis auf den letzten Platz gefüllt. Wie üblich hatten der Mesner und der Totengräber vor der Kommunionbank einen Erdhügel in Form eines Soldatengrabs aufgeschüttet, das mit einem Birkenkreuz und einem Stahlhelm geschmückt war. Davor stand eine Photographie des Gefallenen. Sie zeigte den jungen Mann mit stolzer Pose in Uniform. Am Fußende hatte man drei Gewehre zu einer Art Pyramide aufgestellt und das Gebilde schön mit Blumen umrahmt. Das war jetzt, im Juli, natürlich deutlich leichter als bei den vorhergegangenen Beerdigungen. Jakob Pfallers symbolisches Grab war richtig schön, fand Willi. Frau Leimer sang ein Requiem. Sie hatte eine angenehme Stimme. Den Text konnte Willi freilich nicht verstehen, er war lateinisch. In den Kirchenbänken hinter ihnen saßen die jungen, heiratsfähigen Mädchen. In schwarzen Kleidern und mit weißen Blumenkränzchen auf dem Kopf erwiesen sie dem Toten die letzte Ehre. Mit diesem Aufzug stellten sie so etwas wie potenzielle Witwen dar. Schließlich hätte eine von ihnen dermaleinst Pfallers Braut werden können, wenn der Krieg diese Möglichkeit nicht zunichte gemacht hätte.

Willi passte während der Predigt nicht recht auf. Vieles von dem, was der Pfarrer sagte, verstand er ohnehin nicht, vor allem aber waren seine Gedanken bei dem spektakulären Fund, den sie gestern gemacht hatten. Ein amerikanisches Bombergeschwader war über das Dorf in Richtung Süden geflogen, wohl nach München zu.

Eines der Flugzeuge hatte einen leeren Benzinkanister abgeworfen, der dann mitten auf einer Wiese gelandet war. Bei seinem Aufprall hatte es ordentlich gescheppert. So waren die Kinder überhaupt erst auf ihn aufmerksam geworden. Er war riesig, an die drei Meter lang. Nach vorne lief der Blechbehälter schmal zu, nach hinten wurde er breiter. Eine Zeitlang waren sie nur ratlos dagestanden. Dann hatten sie ihn geschüttelt, um zu hören, ob noch ein bisschen Benzin drin war. Das war gar nicht so leicht, denn das Ding hatte auch leer noch ein ziemliches Gewicht. Nach längerer Beratung hatten sie sich entschlossen, den Kanister zu Toni auf den Hof zu bringen. Dessen Vater war von den wenigen Männern, die überhaupt noch im Dorf und nicht an der Front waren, am umgänglichsten und konnte ihnen vielleicht sogar helfen, aus dem unförmigen Himmelsgeschenk etwas zu bauen. Salutschüsse schreckten Willi plötzlich aus seinen Gedanken. Zu Ehren des Gefallenen wurde während der Wandlung dreimal geschossen. Schuldbewusst nahm er sich vor, sich ab jetzt auf den Gottesdienst zu konzentrieren. Lange dauerte der ja ohnehin nicht mehr. Wenig später ertönte auch schon das Schlusslied, auf das er sich gefreut hatte, und Willi sang voller Inbrunst mit den übrigen: *Ich hatt' einen Kameraden, einen bessern find'st du nicht...*

Es war noch hell, als sie die Kirche verließen. Eigentlich hätten die Kinder um diese Zeit noch draußen spielen dürfen, doch der Gottesdienst hatte den üblichen Tagesablauf verändert. Sinnlos, seine Mutter jetzt noch zu fragen, ob er noch einmal hinaus dürfe. Er kannte die Antwort ohnehin. Außerdem musste er sein Gedicht noch etwas besser lernen. Die Sommerferien standen zwar schon vor der Tür, aber Frau Leimer hatte ihnen an diesen letzten Tagen noch einmal etwas zum Auswendiglernen aufgegeben: *Du sollst an Deutschlands Zukunft glauben...*

«Damit ihr auch während der Ferien eure Verantwortung als Deutsche nicht vergesst», hatte sie gesagt.

«Gerade jetzt, nach diesem feigen Attentat», hatte sie noch hinzugefügt und bei diesen Worten standen ihr Tränen in den Augen. Einige jüngere Kinder hatten mit dem Begriff „Attentat" nichts anfangen können und so hatte Frau Leimer erklärt, was passiert war: Feige Verbrecher hatten erst vor wenigen Tagen dem Führer in seinem Hauptquartier nach dem Leben getrachtet. Obwohl sie einen Treueeid auf ihn geschworen hatten, hatten ein gewisser Stauffenberg und einige andere Männer einen Anschlag auf den Führer geplant. Sie hatten sich damit nicht nur eines Meineids schuldig gemacht, sondern auch Hochverrat begangen. Nur durch glückliche Umstände habe Adolf Hitler die Explosion überlebt. Die Verbrecher aber seien ihrer gerechten Strafe zugeführt worden, führte Frau Leimer mit bebender Stimme aus. So sei am Ende wie durch ein Wunder doch noch alles gut ausgegangen.

Im Großen und Ganzen fand Willi seine Lehrerin sehr nett. Sie war längst nicht so streng wie Hochwürden. Bei dem gab es Tatzen, wenn man die Zehn Gebote nicht fließend aufsagen konnte. Anders bei Frau Leimer. Beim Lesen, Schreiben oder Rechnen ließ sie einem manchmal einen Fehler durchgehen. Aber bei den Gedichten über Führer, Volk und Vaterland war sie unerbittlich. Da musste alles stimmen. Ganz besonders jetzt, in dieser schweren Zeit. Andernfalls riskierte man Nachsitzen.

Wenige Tage später begannen die Ferien, herrlich unbeschwerte, sonnige Sommertage, an denen man barfuß laufen konnte. Sie streiften in den Wäldern herum, spielten am Morsbach und badeten in der Anlauter. Seine Freunde und er hatten aus dem Unterteil des riesigen Benzinkanisters ein Boot gebaut. Damit schipperten sie nun auf dem kleinen Fluss und spielten Seeschlacht. Manchmal standen die Mädchen am Uferrand und schauten ihnen zu. Eine von ihnen, Franziska, hatte sogar einmal gefragt, ob sie mitfahren dürfe. Willi hätte eigentlich nichts dagegen gehabt, aber die meisten seiner Freunde waren anderer Meinung. Das sei nichts für Mädchen, hatten sie entschieden. Immer häufiger flogen nun amerikanische Bombergeschwader über den Ort hinweg in Richtung München. Leider warf keiner mehr einen leeren Benzinkanister ab. Stattdessen lagen bald überall auf den Feldern abgeworfene Staniolstreifen, die den deutschen Funkverkehr stören sollten. Die Kinder klaubten sie auf, wo immer sie welche fanden. Vielleicht konnte man ja irgendwann noch etwas Nützliches mit ihnen anfangen. Willi genoss die endlos langen Sommertage ohne große Verpflichtungen. Doch schließlich begann zu seinem Leidwesen doch wieder der Alltag.

Das neue Schuljahr hatte gerade erst richtig begonnen, als mehrere Frauen mit ihren Kindern aus Merzig im Saarland auftauchten, die von dort wegen der näher rückenden Westfront evakuiert worden waren. Ihre Stadt sei voller Soldaten, erzählten sie. Volkssturm und Zwangsarbeiter hätten Panzersperren errichtet und Panzergräben ausgehoben, eine mobile Abschussrampe sei auf der Bahnstrecke zwischen Merzig und Büschfeld positioniert worden. Von dort würden Raketen auf französisches Gebiet abgefeuert.

Das Dorf war über die Neuankömmlinge wenig begeistert. In den allermeisten Häusern waren die Wohnverhältnisse ohnehin nicht gerade üppig. Nun beanspruchten die Fremden auch noch Platz.

«Was wollen denn die hier? Die haben hier gar nichts zu suchen», äußerte Willi seine Vorbehalte gegenüber den ungebetenen Gästen. Doch seine Mutter war anderer Meinung und erinnerte ihn daran, dass auch sie selbst vor nicht allzu langer Zeit aus Berlin hierher gekommen waren.

«Aber das ist doch etwas völlig anderes!», protestierte er. Schließlich stammte sein Großvater väterlicherseits von hier und sie waren auf die eine oder andere, für ihn nicht immer nachvollziehbare Weise mindestens mit der Hälfte des Dorfs verwandt. Ja, mehr noch: Er erinnerte sich nur allzu gut, wie er gemeinsam mit seinem Vater im neuen Ford *Eifel* nach Emsing gefahren war, um die Großeltern zu besuchen, die hier regelmäßig jedes Jahr ein paar Tage Urlaub machten. Das war noch vor dem Krieg gewesen und er erinnerte sich, dass sie damals der Mutter eine Ansichtskarte geschrieben hatten. Gemeinsam mit Vater und Großvater hatte er bei diesem Aufenthalt viele seiner Verwandten besucht. Wen genau, daran konnte er sich freilich nicht mehr erinnern — schließlich war er damals erst vier gewesen. Die Saarländer dagegen waren wirklich Fremde und sie sprachen außerdem einen Dialekt, den man nicht verstand. Aber es half alles nichts. Die Merziger machten keinerlei Anstalten wieder zu verschwinden. Ob man wollte oder nicht, man musste zusammenrücken — in der engen Schulstube ebenso wie in den Häusern.

Volkssturm

Ungefähr zur selben Zeit machte ein neues Wort im Dorf die Runde: „Volkssturm". Irgendwie schienen nun alle Männer Soldaten im Kampf für den Endsieg zu sein, Soldaten an der Heimatfront, wie es hieß. Willi wusste nicht recht, was das bedeuten sollte. Der Krieg war weit weg und Willi verstand nicht, wozu man hier im Dorf Soldaten brauchen sollte. Schließlich hatte Rudi ihm erklärt, was mit dem Volkssturm gemeint war: Falls der Feind tatsächlich nach Deutschland vorrücken sollte, würde er hier auf erbitterten Widerstand stoßen. Wenige Tage nach dieser Erklärung kam auch Franz, Josefs ältester Bruder, auf den neu gebildeten Volkssturm zu sprechen. Der war schon fast vierzehn und konnte die Zeit bis zu seinem Geburtstag kaum noch erwarten.

«Dann darf ich endlich auch zum Volkssturm. Die werden schon sehen, die Russen und die Amis, die Tommis und die Franzmänner, mit welcher Entschlossenheit und Kampfbereitschaft wir bereit stehen. Mit uns werden sie nicht so leicht fertig.»

Eines Abends hatte sich ihre kleine Hausgemeinschaft wie gewöhnlich in der unteren Küche um Tante Wallis Volksempfänger versammelt, um die wichtigsten Ereignisse des Tages zu hören. Der Sprecher verkündete weitere vernichtende Angriffe mit V2-Raketen auf London und Antwerpen. Die Erwachsenen wirken trotzdem nicht recht froh. Willi konnte sich den besorgten Ausdruck auf ihren Gesichtern nicht erklären.

«Vernichtende Kämpfe ... und jetzt haben wir auch noch den Volkssturm. Alte Männer und halbe Kinder... Jetzt kann es nicht mehr lange dauern», stieß Tante Walburga unvermittelt hervor. Zu Willis Verwunderung klang das allerdings verächtlich und keineswegs siegessicher. Noch mehr aber verwirrte ihn die Reaktion seiner Mutter, die der alten Frau einen besorgten Blick zuwarf. «Walli, bitte... Die Kinder...», stieß sie hervor.

Spätabends blickte Sophie auf ihre schlafenden Söhne. Sie machte sich Sorgen. Georg war noch zu klein, der hatte Wallis kritischer Äußerung keinerlei Beachtung geschenkt. Bei Willi und vor allem bei Rudi verhielt es sich anders. Sophie hatte sehr wohl bemerkt, wie erstaunt, ja verwirrt ihre beiden Großen auf Wallis unbedachten Ausruf reagiert hatten. Hoffentlich erzählten sie das nicht dem Falschen weiter! Man konnte nicht vorsichtig genug sein in diesen Zeiten. Aber die Kinder ahnten davon freilich nichts.

Trotz seiner führenden Position war ihr Mann als überzeugter Katholik nie in die Partei eingetreten und sie hatte seine Entscheidung begrüßt, obwohl das ein durchaus gewagtes Unterfangen, ja geradezu ein Balanceakt war. Nur ja kein falsches Wort verlautbaren lassen! Nur ja keinen Verdacht an ihrer Linientreue aufkommen lassen! Das konnte lebensgefährlich sein. Auch deshalb war sie trotz der beengten und äußerst bescheidenen Wohnverhältnisse hier froh gewesen, Berlin verlassen zu können. Lieber ohne fließendes Wasser und mit einem einfachen Plumpsklo auf dem Dorf in Ruhe leben als mit der andauernden Anspannung in der Hauptstadt. Aber die Angst, sich durch ein falsches Wort verdächtig zu machen, war sie selbst hier nicht ganz losgeworden. Wie sehr sehnte sie sich inzwischen danach, dass dieser ganze Albtraum endlich vorbei wäre!

Schicksalsgemeinschaften

Der Winter kam ungewöhnlich früh in diesem Jahr. Es war gerade einmal Ende Oktober und die Kartoffelernte noch längst nicht vollständig eingebracht, als Frost und Schnee zur Unzeit hereinbrachen. Teilweise mit bloßen Händen gruben die Dorfbewohner die Kartoffeln aus der gefrorenen Erde, um zu retten, was noch zu retten war. Während sie wie besessen arbeiteten, gruben und klaubten, war vielen die Verzweiflung ins Gesicht geschrieben. Die alte Ablassmayerin fasste schließlich in Worte, was viele befürchteten.

«Auch das noch», jammerte sie. «Wie sollen wir da das Kontingent erfüllen?»

Selbst Willi, der nicht aus einer Bauernfamilie stammte, kannte inzwischen die Bedeutung dieses Begriffs. Die Erfüllung des Kontingents war ein Thema, das ebenso dauerhaft präsent war wie der Kriegsverlauf. Jeder landwirtschaftliche Betrieb musste eine festgesetzte Menge an Lebensmitteln, eben das besagte Kontingent, an die staatlichen Stellen abtreten. Erfüllte man die Vorgabe nicht, drohte die Zwangsversteigerung. Erst unlängst hatte dieses Schicksal einen Bauern im nahen Pfahldorf ereilt. Damit sollte wohl ein Exempel statuiert werden und die Warnung war angekommen: Der Fall war tagelang Dorfgespräch gewesen. Kein Wunder, schließlich bedeutete die Versteigerung die Vernichtung der wirtschaftlichen Existenz. Viele teilten die Sorge der alten Bäuerin. Sie war durchaus berechtigt. Die ohnehin schon schwierige Versorgungslage wurde durch den Ernteausfall noch verschärft. Die meiste Zeit gab es jetzt nur noch Grütze, ekelhaft fades, breiiges Zeug, oder wässrige Kartoffelsuppe, die ebenfalls nach fast nichts schmeckte und kaum satt machte.

Am 19. November, einem Sonntag, traf in Emsing eine Schreckensnachricht ein, die alle berührte. Merzig war von den Amerikanern bombardiert worden! Weite Teile der Stadt waren zerstört. Es hatte auch etliche Tote gegeben. Plötzlich empfand Willi doch Mitleid mit den fremden Saarländern. Was Bombenangriffe waren, das wusste er aus Berlin. Das war furchtbar und dieses erdrückende Gefühl der Ungewissheit, von Angst und Ohnmacht wünschte er wirklich niemanden. Welch namenloser Schrecken damals, als sie aus dem Luftschutzkeller gekommen waren und ihr Haus unbewohnbar vorgefunden hatten — alle Fensterscheiben waren zerborsten, die Türen herausgerissen und das Dach zu großen Teilen abgedeckt. Zum Glück waren wenigstens die meisten Möbel heil geblieben. Trotzdem mussten sie das Haus in Berlin-Biesdorf verlassen und in eine Wohnung in Treptow umziehen.

Nun waren die Neuankömmlinge also seine Schicksalsgenossen. Mutter hatte Recht gehabt, die Merziger hatten gar keine Wahl, sie mussten genauso hier bleiben wie er, seine Mutter und seine Brüder. Willi nahm sich vor, in Zukunft freundlicher zu ihnen zu sein. Vielleicht waren sie ja gar nicht so verkehrt, wie er anfangs vermutet hatte. Der Ludwig schien eigentlich ganz nett zu sein und der Albert auch. Er konnte es ja mal mit ihnen versuchen.

Der frühe Frost und Schnee waren einem feucht-trüben Novemberwetter gewichen. Die schweren Leg-schieferdächer wirkten noch dunkler als sonst und verliehen dem Dorf eine düstere, trostlose Atmosphäre. Die nasse Kälte setzte sich überall fest und Willi fröstelte ständig. Abends vertrieben sich Rudi und er die Zeit nun oft damit, sich auszumalen, welche Köstlichkeiten sie essen würden, wenn der Krieg erst vorbei wäre: Brot mit ganz viel Butter darauf, dick bestrichen mit Marmelade oder Honig, Eier, hart und weich gekocht, als Rührei und als Spiegelei, Bratwürste oder Kassler mit Sauerkraut, Schweinebraten mit Knödeln und Kartoffelsalat, Buletten, Grießbrei mit ganz viel Zimt und Zucker, Eierkuchen, die hier in Bayern Pfannkuchen hießen, und natürlich Kuchen jeder Art, Vanillepudding, Erdbeeren mit ganz viel Sahne und endlich wieder Schokolade! Beim Gedanken an all diese Köstlichkeiten lief Willi das Wasser im Mund zusammen.

«Und trinken tun wir dann nur noch Apfelsaft, Limonade oder Kakao», beteuerte Rudi.

Wenn er abends fröstelnd in seinem Bett lag, das sich von der Kälte unangenehm klamm anfühlte, versuchte Willi sich vorzustellen, wie er herrlich süßen, heißen Kakao trank, dessen Wärme wohlig seinen Bauch durchströmte. So schlief er schließlich ein. Der kleine Georg bekam bei diesen Aufzählungen seiner Brüder stets große Augen. Er konnte zu diesem abendlichen Zeitvertreib aber nur wenig beisteuern. Er war erst sechs und konnte sich kaum mehr an Zeiten erinnern, in denen es Lebensmittel im Überfluss gegeben hatte. Willi dagegen erinnerte sich noch genau. Er erinnerte sich auch an das letzte Weihnachtsfest, bevor sie ausgebombt wurden. Mutter und Gertrud, ihr Dienstmädchen, hatten Plätzchen gebacken, an Heilig Abend hatte es Gänsebraten gegeben — und unter dem geschmückten Christbaum im gemütlich warmen Wohnzimmer lagen richtige Geschenke. Schön verpackte Päckchen mit wunderbaren Überraschungen.

An manchem dieser trüben Novembernachmittage kramte er seine alte Fibel hervor. Die stammte noch aus seiner Schulzeit in Berlin und er war eigentlich schon zu alt für die kurzen, einfachen Geschichten für Leseanfänger. Aber eine hatte es ihm angetan. Sie handelte von den wunderbaren Dingen, die Wolfgang zu Weihnachten bekam: zwei Päckchen voller Überraschungen. Eine Schachtel mit den Zinnsoldaten, die er sich gewünscht hatte, und ein Überraschungspaket mit noch weit größeren Herrlichkeiten: SA, SS, Jungvolk und HJ. Den ganzen Abend lässt er seine neuen Figuren antreten, wie er es im großen Aufmarsch im November gesehen hat.

Eine schöne Geschichte, fand Willi. So schön, dass er sie immer wieder las. Solche Figuren hatte er nie besessen. Aber an ihrem letzten Weihnachten in Berlin hatten er und seine Brüder eine Eisenbahn bekommen. Gemeinsam mit ihrem Vater hatten sie sie noch am selben Abend aufgebaut. Seine Freunde hier würden Augen machen, wenn sie die Eisenbahn sehen könnten, ging es Willi durch den Kopf. Solche Herrlichkeiten hatte keiner von ihnen. Schade, dass er sie nicht mit hierher hatte nehmen können. Aber der Platz war ohnehin knapp. Küche, Schlafzimmer und ein kleiner Raum als Aufenthaltsraum. Das war alles. Sie hätten also gar keine Möglichkeit gehabt, die Eisenbahn aufzubauen.

Landleben

An Geschenke war in diesem Jahr überhaupt nicht zu denken, das wusste Willi. Aber Geschenke waren gar nicht so wichtig. Viel wichtiger wäre, wenn sein Vater wenigstens zu Weihnachten aus Berlin kommen könnte. Das wäre das größte und schönste Geschenk überhaupt. Willi sagte es zwar nicht laut, aber er vermisste seinen Vater sehr. Als seine Eltern im letzten Jahr den Entschluss gefasst hatten, dass Mutter mit ihnen und dem Dienstmädchen Gertrud Berlin verlassen und für einige Zeit aufs Land fahren sollte, war er erleichtert gewesen, denn die Luftangriffe waren auch nach ihrem Umzug nach Treptow weiter gegangen. Mit der Eisenbahn nach Bayern zu fahren schien da ein willkommenes Abenteuer. Endlich keine angsterfüllten Nächte mehr im Luftschutzkeller! Damals hatte er geglaubt, dass sie in wenigen Wochen wieder zurückkommen würden. Dann wäre der Krieg vorbei, sie könnten sicher auch bald wieder in ihr altes Haus und alles wäre wie früher. Die Zeit bis dahin hatte er für so etwas wie Ferien auf dem Bauernhof gehalten. Dass sein Vater nicht mitkommen konnte, war schade, ließ sich aber leider nicht ändern. Als Ingenieur für Funk- und Messgeräte in leitender Position bei Siemens hatte er schließlich eine kriegswichtige Aufgabe zu erfüllen. Das verstand Willi und er hatte beim Abschied tapfer die Tränen zurückgehalten. Ein deutscher Junge weint nicht, das hatte er in der Schule gelernt.

Die Nächte waren hier tatsächlich ruhig, keine Flieger, kein Alarm, kein grässlich hohes Sirren in der Luft, keine Erschütterungen des Bodens. Die Menschen schliefen friedlich in ihren Betten. Anfangs hatte er noch manchmal Alpträume gehabt, aber mit der Zeit hatte sich auch das gelegt und er konnte endlich wieder entspannt schlafen. Nach und nach hatte er unter den Dorfkindern neue Freunde gefunden. An Berlin hatte er kaum mehr gedacht, er hatte gar keine Zeit dazu, denn es gab so viel zu entdecken. Alles war ganz anders, als er es gewohnt war. In der Schule hier gab es keine Aufteilung nach Klassen. Alle Kinder wurden gemeinsam in einem Raum von Frau Leimer unterrichtet. In der unterrichtsfreien Zeit aber spielte sich das Leben meistens draußen ab. Die Kinder streiften ungehindert durch die weite Landschaft. Sie zogen bei ihren Spielen am Bach entlang von der Obermühle bis zur Untermühle, zogen hinauf auf die Jurahänge und zum Schulbuck, wo sie *Wer hat Angst vorm schwarzen Mann* spielten. Die weite Landschaft bot eine Freiheit, wie sie Willi in der Großstadt niemals erlebt hatte. Und dann die Tiere! Im Frühjahr und Herbst gab es junge Kätzchen — zu Willis Leidwesen wurden die meisten davon getötet, weil die Bauern nicht so viele Katzen gebrauchen konnten. Immer wieder wurden Ferkel oder Kälbchen geboren und Willi hatte Freude an den kleinen Wesen. Er liebte das weiche Fell der Kälbchen und ihren warmen Geruch. Überhaupt hielt er sich gern in den Kuhställen auf. Es machte ihm auch Spaß, gemeinsam mit seinen Freunden, die oft auf den elterlichen Höfen helfen mussten, mit anzupacken. Sie hüteten Gänse und Kühe, halfen beim Ausmisten und beim Aufladen des Mistwagens. Was für die Dorfkinder oft lästige Pflicht war, war für ihn so neu und aufregend, dass er zunächst weder seine Berliner Kameraden noch seine Spielsachen vermisste, ja sogar selten an seinen Vater dachte. Sie schrieben sich regelmäßig und letztes

Weihnachten war Vater sogar aus Berlin angereist. An Ostern war er ebenfalls hier gewesen. Trotzdem war Willi sich nicht sicher, ob er es in diesem Jahr auch zu Weihnachten schaffen würde. Vielleicht war die Reise ja inzwischen zu gefährlich. Immer wieder hörte man von Tieffliegerangriffen auf die Bahngleise. Den ganzen Advent über bangte er, ob Vater wie versprochen auch wirklich zu Heilig Abend kommen würde.

Doch der hielt Wort und zu Willis Überraschung hatte er sogar noch für jedes der Kinder ein Buch als Weihnachtsgeschenk mitgebracht. Die lagen zusammen mit einem Schal, Handschuhen und Socken für seine Brüder und einer fast neuen Sonntagshose für Willi unter dem kleinen Christbaum, den Mutter besorgt hatte. Tante Walli hatte Plätzchen herauf gebracht, die sie gemeinsam mit ihrer Schwiegertochter gebacken hatte, und Mutter hatte es tatsächlich geschafft, ein schönes Stück Fleisch mit Kartoffeln und feinem Karottengemüse in etwas Butter gedünstet auf den Tisch zu bringen. Willi konnte sein Glück kaum fassen.

Nachts gingen sie gemeinsam in die Christmette. Georg hielt auf dem kurzen Weg Vaters Hand. Er war dafür eigentlich schon zu alt, aber Willi verstand ihn. Er hätte es am liebsten genauso gemacht, wenn er nicht den Spott seiner Freunde gefürchtet hätte. Es war schön, so durch die sternenfunkelnde Dunkelheit den Weg hinauf zur Kirche zu gehen. Eigentlich schade, dass der Weg nur so kurz war. Er hätte noch ewig so laufen können. Alles war so friedlich. Der Schnee knirschte unter ihren Füßen, ansonsten herrschte Stille. Eine tiefe, stille Nacht, ja, heilige Nacht — so wie es in dem Lied hieß, das sie jetzt bald singen würden und das Willi so liebte.

WELTVERSCHWÖRUNG

Viel zu schnell waren die Feiertage vorbei. Vater musste wieder zurück nach Berlin.

«Wann kommst du wieder?»

Sein Vater entgegnete lange nichts auf diese Frage. Schließlich sagte er: «Ihr wisst, es ist keine leichte Zeit. Ich muss arbeiten. Unser Betrieb ist kriegswichtig. Da kann ich mir nicht einfach Urlaub nehmen, wie ich möchte. Das haben wir doch schon so oft besprochen. Du bist jetzt doch schon ein großer Junge, Willi. Also sei tapfer! Auch wenn's schwerfällt. Es hilft alles nichts. Du wirst sehen, die Zeit vergeht schneller, als du denkst.»

«Aber wann kommst du wieder?»

«Versprechen kann ich's nicht. Aber ich versuche, an Ostern wieder bei euch zu sein.»

Willi wusste, er durfte sich eigentlich nicht beklagen. Die meisten Väter waren im Krieg, einige sogar gefallen oder in Stalingrad vermisst, wie es hieß. So oder so: Sie würden nie mehr zu ihren Familien kommen. Trotzdem fiel ihm die Trennung von seinem Vater auch diesmal schwer.

Er verstand einfach nicht, warum das so lange dauerte mit dem Endsieg. Der Krieg musste doch jetzt endlich einmal vorbei sein! Was war denn mit der V2, der Wunderwaffe? Wann setzte der Führer die denn endlich richtig ein? Wenn erst einmal Frieden wäre, könnten sie auch wieder als richtige Familie zusammen sein. Vielleicht könnten sie sogar hier in Emsing ein Haus bauen und wohnen bleiben. Seine Mutter hatte zwar, als er sie einmal danach gefragt hatte, gesagt, dass das nicht ginge, weil Vater hier nirgendwo arbeiten könne, aber vielleicht täuschte sie sich ja. Wenn der Sieg endlich errungen wäre, würde der Führer das Land ja ganz neu aufbauen — größer und schöner als jemals zuvor. Das hatte er versprochen. Vielleicht gab es dann ja sogar Arbeit für Ingenieure in Emsing.

Am letzten Tag des Jahres hielt der Führer seine Neujahrsansprache. Willi bemühte sich, aufmerksam zuzuhören. Frau Leimer hatte allen Schülern von der zweiten Jahrgangsstufe aufwärts vor den Weihnachtsferien ausdrücklich ans Herz gelegt, sie müssten sich diese Rede anhören. Sie werde das auch kontrollieren und sie nach den Ferien darüber befragen. Also saß Willi gemeinsam mit den übrigen Familienmitgliedern folgsam vor dem Volksempfänger. Vieles, von dem, was der Führer sagte, verstand er auch diesmal nicht wirklich, einiges aber schon.

«Ein Volk, das in Front und Heimat so Unermessliches leistet, so Furchtbares erduldet und erträgt, kann daher auch niemals zugrunde gehen. Im Gegenteil: Es wird aus diesem Glutofen von Prüfungen sich stärker und fester erheben als jemals zuvor in seiner Geschichte. Die Macht aber, der wir dies allein verdanken, der jüdisch-internationale Weltfeind — er wird bei diesem Versuch, Europa zu vernichten und seine Völker auszurotten, nicht nur scheitern, sondern sich die eigene Vernichtung holen», verkündete der Führer.

Wer wohl der jüdisch-internationale Weltfeind war? Willi kannte Russen, Franzosen, Engländer, Amerikaner. Er wusste, dass sie gegen die Deutschen kämpften. Aber von diesem Weltfeind hatte er noch nichts gehört. Ob der etwas mit den ominösen Juden zu tun hatte, die in dem Buch dargestellt waren, das Frau Leimer von Zeit zu Zeit herumgehen ließ? *Der Giftpilz* hieß es und enthielt nur Abbildungen mit kurzen Bildunterschriften. Auf einem Bild war zu sehen, wie ein hässlicher Mann mit Hakennase und stechendem Blick mit einem höhnischen Lächeln auf den Lippen einem armen, verzweifelten Bauern die letzte Kuh aus dem Stall trieb. Ein anderes

Bild zeigte einige finstere Gestalten, die auf barbarische Weise ein Tier schlachteten. Auf einer Abbildung war eine blonde Frau zu sehen, die auf einen hässlichen Mann mit Hakennase und stechendem Blick zeigte und rief: ‹Ich habe einen Juden gesehen!›

Frau Leimer lieferte nie eine Erklärung, was mit den Bildern eigentlich gemeint war, aber Willi schaute sich das Buch immer gerne an. Es war so schön gruselig und jagte einem einen Schauer über den Rücken. Vielleicht zeigte sie es ja nach den Ferien wieder einmal herum.

Vernichtungskrieg

Der 2. Januar war ein herrlich klarer und sonniger Wintertag. Sie waren den ganzen Tag Schlitten gefahren. Jetzt im Winter gab es in der Landwirtschaft wenig zu tun und die Kinder hatten noch Weihnachtsferien. Willi genoss die unbeschwerte Freiheit. Was für ein herrliches Gefühl, den eisigen Fahrtwind im Gesicht den Kirchberg hinunter zu sausen! Trotz seines Hungers wollte er sogar bei Einbruch der Dunkelheit am liebsten noch weitermachen. Aber es half nichts. Um diese Zeit war für die Kinder unwiderruflich Schluss und es hieß für alle, nach Hause gehen.

Kaum hatten er und seine beiden Brüder die kleine Stube betreten, bemerkte er den bestürzten Gesichtsausdruck seiner Mutter.

«Was ist los? Ist etwas passiert?», kam Rudi ihm mit seiner Frage zuvor.

«Die Engländer haben Nürnberg zerbombt.»

Willi traute seinen Ohren nicht. Das war doch nicht möglich! Nürnberg — die Stadt der Reichsparteitage! Frau Leimer hatte ihnen schon oft Photos der großen Aufmärsche gezeigt. Rudi hatte einige davon schon aus seiner Berliner Schulzeit gekannt. Willi erinnerte sich, wie beeindruckt er damals zu Hause davon berichtet hatte. Ihr Vater hatte ihnen daraufhin erklärt, dass Nürnberg nicht nur die Stadt der Parteitage sei, sondern eine sehr alte Handelsstadt, die auch viele bedeutende Künstler hervorgebracht habe. Besonderes einer, ein Maler — den Namen hatte Willi vergessen — sei auch heute noch weltberühmt. Viele Kaiser hätten Nürnberg häufig als Aufenthaltsort gewählt und die Stadt sei stolz auf ihre alte Kaiserburg, hatte Vater erzählt. Ob die jetzt wohl auch zerstört war?

Als sie von Berlin nach Bayern gefahren waren, hatten sie in Nürnberg in die Lokalbahn umsteigen müssen. Sie hatten einige Wartezeit gehabt und Rudi hatte gefragt, ob sie nicht in der Zwischenzeit die berühmte Burg besichtigten könnten. Er interessiert sich sehr für das

Mittelalter, für Ritter und alles, was damit zusammen hing. Aber Mutter hatte abgelehnt. Die Zeit sei zu knapp und mit dem vielen Gepäck sei eine Besichtigung ohnehin viel zu mühsam. ‹Das holen wir alles nach, wenn der Krieg vorbei ist›, hatte sie damals versprochen. Aber daraus wurde jetzt sicher nichts mehr.

In dieser Nacht schlief Willi schlecht. Unruhig wälzte er sich hin und her, so dass Rudi, mit dem er sich ein Bett teilte, ihn ein paar Mal in die Seite stieß. Willi träumte wieder von Bombenangriffen. Er hörte wieder das hohe, unheilverkündende Heulen der Sirenen, spürte wieder die Erschütterungen, wenn in der Nähe eine Bombe einschlug, wieder die Enge im Luftschutzkeller, die schreckliche Ungewissheit, was draußen gerade passierte, die Ohnmacht und die namenlose Angst. Am nächsten Morgen aber war der Albtraum vergessen. Das Leben im Dorf ging seinen geregelten, gemächlichen Gang. Noch waren Ferien und Zeit zum Schlittenfahren.

Wenige Wochen, nachdem die Schule wieder begonnen hatte, hörten die Kinder auf ihrem Heimweg plötzlich ein seltsames Geräusch am Himmel. Ein deutsches Militärflugzeug überflog das Dorf bedrohlich tief. Die Maschine trudelte, bald würde sie abstürzen! Tatsächlich krachte sie nur wenige Augenblicke später in der Nähe auf einen Acker. Die herbeieilenden Bauern fanden zu ihrem Erstaunen allerdings nur die leere Maschine vor, der Pilot war und blieb verschwunden und sein Schicksal ungewiss.

Der Vorfall erregte die Phantasie der Kinder. In den folgenden Tagen spielten Willi und seine Freunde immer wieder Kampfpilot. Einer der Jungen musste sich dabei aus einem brennenden Flugzeug retten und sich durch die feindlichen Linien anschließend wieder zu seinen Kameraden durchschlagen. Als Flugzeug diente ihnen dabei der Benzinkanister, der im Sommer bereits gute Dienste als Boot geleistet hatte.

Der Absturz war nicht das einzige Ereignis, das zeigte, wie bedrohlich nah die Front bereits herangerückt war. Immer öfter zogen nun auch lange Kolonnen von Kriegsgefangenen die Grafenberger Straße nach Emsing hinunter. Sie wurden aus den vom Feind besetzten Landesteilen in neue Quartiere in der Nähe, nach Eichstätt, Titting oder Altdorf, gebracht. Während deutsche Soldaten die Männer durchs Dorf führten, verwandelten sie sich für Willi von einem gesichtslosen Feind plötzlich in Menschen aus Fleisch und Blut. Menschen, denen man ihre Müdigkeit, ihren Hunger, ihre Verzweiflung oder Hoffnung am Gesicht und an der Haltung ablesen konnte. Die Kinder lernten schnell zu unterscheiden, aus welchem Land die Soldaten kamen: Die Russen waren kaum mehr als Haut und Knochen, ausgemergelte, zerlumpte und halbtote Kreaturen, die sich unter den

Drohungen der deutschen Posten nur noch mühsam fortschleppten. Willi hatte sich Russen immer wild und furchteinflößend vorgestellt. Doch vor diesen armseligen Gestalten empfand er keinerlei Angst, sie taten ihm höchstens leid. Die französischen und englischen Gefangenen wirkten dagegen wesentlich hoffnungsfroher, ja fast schon selbstbewusst.

Eine kleine Gruppe englischer Offiziere erregte die besondere Aufmerksamkeit der Kinder. Die Männer waren auf dem Weg ins Offizierslager in Eichstätt und führten einen Leiterwagen mit sich, der mit Rot-Kreuz-Paketen vollgeladen war. Kurz hinter dem Dorf machten sie Rast und einer der Gefangenen nahm ein Paket in der Größe eines Schuhkartons vom Wagen. Er öffnete es vor den staunenden Augen der Kinder, die in einiger Entfernung standen, und unter der aufmerksamen Beobachtung durch den deutschen Wachposten. Neben den obligatorischen Zigaretten kamen Köstlichkeiten zum Vorschein: Ölsardinen, Pressschinken, den der Offizier sofort genüsslich mit einer Scheibe Weißbrot verzehrte, Zucker, Kekse und ja, tatsächlich — eine Tafel Schokolade! So etwas hatten sie hier schon längst nicht mehr. Ja, Willi konnte sich kaum mehr daran erinnern, wie Schokolade überhaupt schmeckte. Dabei ging es ihnen auf dem Dorf noch besser als den Menschen in der Stadt, die Lebensmittel nur noch über Bezugsmarken bekamen. Das behauptete zumindest seine Mutter immer dann, wenn Willi oder einer seiner Brüder sich über den eintönigen Grützebrei, die verdünnte Milch oder die wässerigen Suppen beklagte. ‹Seid froh, dass wir das haben›, sagte sie dann immer, ‹Andere haben noch viel weniger›. Es stimmte wohl, sonst wären nicht regelmäßig fremde Leute ins Dorf gekommen, um zu hamstern. Sie bettelten förmlich um Mehl, Milch, Eier, Brot, Schmalz, Kartoffeln, Bohnen, gelbe Rüben oder ein Stück Speck. Sie waren froh um alles, was sie kriegen konnten.

Ungefähr Mitte März kamen die Großeltern aus Würzburg wie jedes Jahr zu Besuch nach Emsing. Wie gewöhnlich quartierten sie sich im Gasthaus ein. Eine Woche wollten sie bleiben. Willi und seine Brüder freuten sich sehr. Früher, in Friedenszeiten, hatten sie die Großeltern in den Sommerferien regelmäßig besucht. Damals hatten sie ja auch noch ihren Ford *Eifel*. Aber der war zu Beginn des Krieges von der Wehrmacht beschlagnahmt worden. Es war schön gewesen, an heißen Sommertagen im großen Garten mit den schattenspendenden Bäumen zu spielen, während die Eltern und Großeltern auf der Terrasse saßen, Kaffee, Wein oder Likör tranken und sich unterhielten.

Der Großvater war ein stolzer Mann. Er war zwar ein bisschen streng, aber Willi liebte ihn trotzdem. Er wusste immer viel zu erzählen und erklärte einem alles ganz genau. In Berlin hatten sie einmal gemeinsam das Pergamon-Museum besucht, ein anderes Mal den Zoo und in Würzburg hatte er ihnen den Dom, die prächtige Residenz und die Festung Marienberg gezeigt.

Großmutter war eine eher stille Frau. Mit dem Landleben konnte sie wenig anfangen, sie war ein ausgesprochener Stadtmensch. Würzburg war ihre Geburtsstadt und sie konnte sich nicht vorstellen, irgendwo anders zu leben. So oft sie konnte, besuchte sie gemeinsam mit dem Großvater eine Theateraufführung oder ein Konzert. Sie legte Wert auf elegante Kleidung und war stolz auf ihren gepflegten Haushalt, ihre kostbaren Teppiche, die schönen Möbel, ihr Silberbesteck und das feine Porzellanservice — alles Dinge, die Willi überhaupt nicht interessierten. Aber ihre Schwarzwälder Kirschtorten, ihre Erdbeerkuchen, die Nusszöpfe und Christstollen liebte er, die waren ein Traum. Überhaupt war Großmutter eine sehr gute Köchin.

Die Nachricht traf die ganze Familie wie ein Keulenschlag: Würzburg bombardiert! Innerhalb von zwanzig Minuten war die alte, schöne Stadt zu weiten Teilen dem Erdboden gleichgemacht worden.

«Berlin, Hamburg, Frankfurt, Köln, München, Nürnberg, Dresden und jetzt auch noch Würzburg — das halbe Land liegt schon in Schutt und Asche! Wie lange soll das denn noch so weitergehen?», klagte Mutter mit tränenerstickter Stimme. Aber keiner antwortete.

«Und was ist mit Großvaters Haus? Ist das jetzt auch kaputt?» Der kleine Georg sprach schließlich die Frage aus, die allen auf dem Herzen lag. Stundenlang schwebten sie in quälender Ungewissheit. Die Telefonverbindung war zusammengebrochen, Großvater konnte keinen seiner Nachbarn oder Bekannten erreichen. Erst am nächsten Tag gelang es ihm schließlich, doch jemanden ans Telefon zu bekommen. Die Nachricht war erschütternd: Ihr Haus in der Weingartenstraße war von einer Bombe getroffen worden und vollständig ausgebrannt. Mit einem Schlag waren die Großeltern obdachlos und hatten alles verloren. Nun gehörten also auch sie zu den Unzähligen, die ohne eigenes Dach über dem Kopf versuchen mussten, irgendwo notdürftig unterzukommen. Großvater wirkte angesichts dieses Schicksalsschlags wie erstarrt, Großmutter war in Tränen aufgelöst.

Endsieg

Vier Tage nach diesem schrecklichen Ereignis zeichnete der Führer in Berlin zwanzig Hitlerjungen und dreißig SS-Soldaten mit dem Eisernen Kreuz für ihre Heldentaten bei der Verteidigung Berlins aus.

«Schade, dass wir noch zu jung sind», meinte Josef, Willis Freund, bei dieser Meldung. «Stell dir mal vor, wir bekämen eine Auszeichnung vom Führer persönlich! Das wäre der schönste Tag in unserem Leben, da bin ich mir sicher. Aber bis wir so weit sind, dass wir kämpfen dürften, ist der Krieg bestimmt schon längst gewonnen und wir haben keine Gelegenheit mehr unseren Mut zu zeigen. Schade!»

Willi entgegnete nichts. Wenn es nach ihm gegangen wäre, hätte der Krieg gerne schon zu Ende sein dürfen. Ihm lag nicht sehr viel daran, sich durch Heldentaten zu beweisen. Wichtiger war ihm, dass sein Vater endlich wieder bei der Familie sein konnte. Der Josef wusste nicht, wie das war. Er war einer der wenigen, dessen Vater nicht eingezogen worden war, und er hatte auch keine Großeltern, die ausgebombt waren.

Seit dem Angriff auf Würzburg machte sich Willi Sorgen um seinen Vater und um ihre Wohnung in Berlin. Was, wenn der Vater es nicht mehr rechtzeitig in den Luftschutzkeller schaffte? Was, wenn auch ihre Wohnung ausgebombt würde? So wie das Haus der Großeltern oder ihr eigenes damals in Berlin-Biesdorf. Dann hätten sie ebenfalls nichts mehr.

Die Karwoche rückte näher und obwohl Vater versprochen hatte, dass er zu Ostern kommen würde, schien das nun doch keineswegs sicher. Täglich warteten sie auf eine Nachricht von ihm. Jeden Tag hielten Mutter und Söhne sehnsüchtig Ausschau nach dem Briefträger. Doch es kam nichts. Endlich erreichte sie am Karsamstag doch noch ein Brief. Er war vor über zwei Wochen in Berlin aufgegeben worden. Offenbar funktionierte inzwischen die Postzustellung nicht mehr zuverlässig. Vater teilte ihnen mit, dass er leider nicht kommen könne, er werde in der Firma gebraucht. Die Lage in Berlin sei kompliziert.

«Was heißt kompliziert?», wollte Georg wissen. Doch Mutter war um eine Antwort verlegen. «Ich glaube, er meint die Russen. Die kommen wohl immer näher», erklärte sie schließlich zögerlich. Willi verstand das nicht. Hatte der Führer nicht gerade Hitlerjungen und SS-Männer für ihre Heldentaten bei der Verteidigung der Stadt ausgezeichnet? Willi hatte angenommen, dass sie die Russen vertrieben hätten. Anscheinend aber doch noch nicht ganz, sonst hätte Vater ja kommen können. Das würde ein trauriges Osterfest werden.

Tante Walli brachte ihnen einen Osterfladen hinauf und für jeden ein rot gefärbtes Osterei. Der Fladen war zwar ohne die Rosinen, die Willi so liebte, aber er schmeckte trotzdem köstlich. Das süße Gebäck und das Ei trösteten ihn ein wenig.

Während des Gottesdienstes verlor Willi sich immer wieder in Tagträumen. Er stellte sich vor, wie sie nächstes Jahr alle zusammen feiern würden. Dann wäre der Krieg vorbei und die ganze Familie gemeinsam um eine reich gedeckte Festtafel versammelt. Die Großeltern wären auch dabei. Großmutter würde wieder ihr Lieblingskleid tragen und ihren Schmuck. Sie hätte ihre leckere Schwarzwälder Kirschtorte gebacken. Auch seine Mutter hätte wieder ein neues, schönes Kleid und wäre endlich einmal wieder beim Friseur gewesen. Wie den meisten Buben in seinem Alter waren Willi Kleidung und Frisuren eigentlich herzlich gleichgültig. Seine Mutter war seine Mutter und er liebte sie, egal wie sie aussah. Doch selbst er merkte, wie sehr sie sich während ihrer Zeit in Emsing verändert hatte. Sie hatte ihren gepflegten Lockenkopf gegen einen schlichten Dutt eingetauscht. Der war zwar praktischer, stand ihr aber weit weniger als ihre frühere Frisur. In Berlin war sie regelmäßig zum Friseur gegangen. Daran konnte sich Willi noch gut erinnern. In Emsing selbst gab es überhaupt keinen Friseur. Dazu musste man schon ins einige Kilometer entfernte Titting oder besser noch nach Eichstätt. Aber das war noch weiter. Der Besuch kostete aber nicht nur Zeit, sondern auch Geld — und das war ebenfalls knapp. Andererseits: Wozu hätte sich seine Mutter hier auch chic machen sollen? Im Gegensatz zu Berlin gab es hier weder ein Café noch ein Kino oder gar ein Theater, das sie hätte besuchen können. Da war es nicht weiter verwunderlich, dass die Zeit hier das Aussehen seiner Mutter verändert hatte. Sie war längst nicht mehr die elegante Städterin, sondern sah ähnlich aus wie alle anderen Frauen im Dorf. Auch das würde sich wieder ändern, wenn der Krieg erst vorbei wäre. Obwohl sie es nie sagte, ahnte Willi doch, dass seine Mutter sich nach einem eleganteren Leben mit mehr Annehmlichkeiten sehnte. Ihr schöner Wintermantel fiel ihm wieder ein. Den hatte sie für die Winterhilfe weggegeben. Er hatte einen Pelzkragen gehabt und war innen mit Pelz gefüttert. Der war sicher wärmer gewesen als der dünne, abgetragene Fetzen, den sie jetzt anhatte. Wenn der Krieg vorbei wäre, würde Vater ihr wieder so einen schönen Mantel kaufen. Er und seine Brüder würden dann Ostereier suchen, wie sie das früher getan hatten, und es gäbe nicht nur Eier, nein, sogar Schokolade! Sie würden wieder in einem schönen Haus mit großem Garten wohnen. Und sie hätten wieder ein Auto, mit dem sie Ausflüge machen würden. Alles wäre wie früher und sogar noch schöner. Davon träumte Willi. Aber noch war es nicht so weit, noch mussten sie durchhalten.

Selbst in der beschaulichen Abgeschiedenheit Emsings, das weit entfernt von jeder deutschen Großstadt lag, rückten die Kriegsereignisse spürbar näher. Alle Kinder im Dorf wurden nun von ihren Eltern angewiesen, nicht mehr wie bisher überall frei herumzustreifen. Das war inzwischen zu gefährlich, denn rings um das Dorf waren „Kettenhunde" unterwegs — so nannte man hinter vorgehaltener Hand die Militärpolizei, die versteckt hinter Büschen auf deutsche Deserteure lauerte. Die Eltern fürchteten, sie könnten eines der Kinder fälschlich für einen flüchtigen Soldaten halten und erschießen.

In fiebriger Eile errichtete der Emsinger Volkssturm, alte Männer und einige junge Burschen, gemeinsam mit einer in der Nähe stationierten ungarischen Einheit auf der neuen Straße nach Grafenberg eine Blockade. Dazu wurden mehrere dicke Baumstämme quer zur Straße in eine hohe Halterung eingelegt. Auch die alte Straße wurde durch mehrere wuchtige Stämme versperrt. Die Arbeit war anstrengend und zeitaufwändig.

«Hier kommen die Amerikaner niemals durch. An dieser Panzersperre beißen sie sich die Zähne aus», meinte Franz triumphierend. Dann begann er eine Melodie zu summen. Willi kannte sie, es war ein Lied der Hitlerjugend. Er kannte sogar einen Teil des Textes: ... *und heute gehört uns Deutschland und morgen die ganze Welt.*

Anstatt der Amerikaner, deren Vormarsch man aufhalten wollte, kamen jedoch erst einmal deutsche Militärkolonnen, die sich auf dem Rückzug befanden. Voller Entsetzen beobachteten Willi, seine Freunde und einige alte Dorfbewohner aus gebührender Entfernung, wie die deutschen Soldaten die so mühsam platzierten Baumstämme kurzerhand zersägten und die Straße wieder frei machten.

«Jetzt sind wir den Amerikanern schutzlos preisgegeben», murmelte ein alter Mann, der hinter Willi stand.

Auch aus den umliegenden Dörfern hörte man nun fast täglich neue, erschreckende Nachrichten. Die Angriffe der feindlichen Tiefflieger wurden noch zahlreicher und betrafen inzwischen nicht mehr ausschließlich die Städte. Auch die Mittelmühle bei Greding war durch einen Bombenangriff zerstört worden. In Paulushofen hatten sich SS-Kämpfer verschanzt, die mit Flak-Kanonen gegen die Angreifer kämpften. Ein Geschoss verfehlte sein Ziel und traf stattdessen in Haunstetten eine Frau, die gerade in ihrem Hof die Wäsche wusch. Sie war sofort tot. Diese und ähnliche Nachrichten erschreckten Willi ebenso wie die „Kettenhunde", die weiterhin die Gegend nach Deserteuren durchkämmten.

«Es sind schlimme Zeiten», erklärte Frau Leimer. Dann schwieg sie eine ganze Weile.

«Wenn wir den Krieg verlieren, gehe ich mit meinen Kindern ins Wasser», stieß sie plötzlich hervor. Die Schüler saßen wie erstarrt, keiner fragte oder sagte etwas. Den Rest des Vormittags konnte sich Willi nicht mehr auf den Unterricht konzentrieren. Frau Leimers Worte gingen ihm nicht aus dem Kopf. Sie machten ihm Angst und er konnte sie sich nicht erklären. Warum hatte sie das gesagt?

Kaum war er zu Hause, platzte es auch schon aus ihm heraus. Aufgeregt erzählte er seiner Mutter und Tante Walli, die gerade zufällig bei ihnen oben in der Küche war, was Frau Leimer gesagt hatte.

«Fanatisch genug wäre sie», meinte Tante Walli. «Genau wie dieser Goldfasan in Greding, der Maul. Der verrückte Nazi hat seine ganze Familie erschossen, seine Frau und sechs oder sieben Kinder, das jüngste war gerade mal ein paar Monate alt. Und warum? Nur weil er nicht wollte, dass sie den Amerikanern in die Hände fallen, dieser Narr. Lieber sollten sie sterben. Nur ein Mädchen hat überlebt. Die hat er verfehlt und sie hat sich tot gestellt. Das war ihr Glück. Aber jetzt steht das arme Ding mutterseelenallein da.»

«Walli, ich bitte dich! Sag doch so etwas nicht vor den Kindern!», rief Sophie entsetzt. «Ich bin sicher, ihr braucht euch keine Sorgen zu machen», versuchte sie ihre Söhne zu beruhigen. «Ich weiß nicht, warum Frau Leimer das gesagt hat. Aber sie tut sich und ihren Kindern bestimmt nichts an.»

Überzeugend klangen ihre Worte allerdings nicht.

AUS DER TRAUM!

Die Amerikaner sind schon in Grafenberg! Die Nachricht verbreitete sich wie ein Lauffeuer im ganzen Dorf. Nahezu gleichzeitig rannten die drei Buben los, um sie ihrer Mutter zu überbringen. Willi war als erster oben in der Küche. Fast atemlos vom schnellen Laufen schrie er die Neuigkeit heraus.

«Hoffentlich sind sie bald da!», antwortete Sophie mit seltsamer Ruhe und einem Gesichtsausdruck, den Willi sich ebenso wenig erklären konnte wie ihre Äußerung.

«Aber wir müssen doch den Krieg gewinnen! Frau Leimer sagt immer, wir werden siegen, weil wir siegen müssen», schrie er verzweifelt. Doch seine Mutter lächelte nur wehmütig. «Nein, nein, Willi, der Krieg ist schon längst verloren.»

Wie konnte sie so etwas Ungeheuerliches behaupten? Willi war wie vor den Kopf gestoßen. Deutschland konnte doch diesen Krieg überhaupt nicht verlieren! Er begriff gar nichts mehr. Doch zum Nachdenken war jetzt keine Zeit. Wie lange die Amerikaner wohl für die zwei Kilometer hierher noch brauchten? Wahrscheinlich keine Stunde mehr! Und die Panzersperre auf der neuen Straße war nach wie vor offen! In der Kürze der Zeit war es sicher nicht mehr möglich, die zersägten Baumstämme durch neue zu ersetzen. Der alte Mann hatte also mit seiner Äußerung Recht gehabt: Emsing war den Feinden tatsächlich schutzlos ausgeliefert. Hektik brach aus. Mutter packte in aller Eile das allernotwendigste in einen Koffer — so wie in ihrer Berliner Zeit, wenn sie vor den Luftangriffen in den Luftschutzkeller hatten flüchten müssen. So einen gab es hier allerdings nicht. Als Schutzraum kam einzig der große Gewölbekeller des Pfarrhauses in Betracht. Kurz nach Mittag flüchteten sich die meisten Frauen, Kinder und kampfunfähigen Männer dort hinein.

Hinter dem Pfarrhaus und der Kirche hatte sich inzwischen eine SS-Einheit postiert. Mit Maschinengewehrsalven versuchte sie, die Panzer, die die Straße herunter und auf den Ort zukamen, aufzuhalten. Das Knattern der Gewehre war auch im Keller noch zu hören. Still und mit vor Angst geweiteten Augen saßen die meisten da. Dann war neben dem unablässigen Knattern noch ein anderes, dumpferes Geräusch zu hören.

«Das sind die Panzergranaten der Amerikaner», erklärte der alte Pfaller.

Die Zeit zog sich scheinbar endlos dahin. Niemand sprach, nur einige der Frauen beteten leise. Georg hatte sich an seine Mutter gekuschelt und hielt sich die Ohren zu. Ein paar Mal meinte Willi, eine leichte Erschütterung zu bemerken. Oder bildete er sich das nur ein? Mussten sie jetzt alle hier im Gewölbekeller des Pfarrhauses sterben? Er wollte nicht sterben! Er war doch noch so jung! Wieder spürte er die gleiche würgende Angst wie früher in Berlin im Luftschutzkeller. Genau wie dort war auch hier die Luft zum Schneiden und die drangvolle Enge wurde mit jeder Minute unerträglicher. Noch weit quälender aber war die Ungewissheit, was sie schließlich draußen erwarten würde. In das Schweigen hinein sagte die Ablassmayerin plötzlich: «Aus der Traum.» Alle wussten, was gemeint war.

‹Der Krieg ist verloren›, hatte Mutter gesagt. Plötzlich schien draußen Stille zu herrschen. Willi hatte es erst gar nicht bemerkt, aber ja, seit einigen Minuten hatte er keine Kampfgeräusche mehr gehört. War das nur eine Gefechtspause? Eine Zeitlang rührte sich noch niemand im Keller. Doch schließlich sagte die alte Ablassmayerin: «Ich glaube, jetzt ist's vorbei.»

Niemand reagierte, weiterhin saßen sie alle unbeweglich, stumm und mit starren Mienen. Die Angst vor dem Unbekannten, das sie draußen erwarten würde, war zu groß. Wieder ergriff die alte Frau das Wort: «Ewig können wir hier nicht sitzen bleiben. Spätestens zum Melken und Füttern müssen wir raus.»

Doch noch immer bewegte sich keiner vom Fleck. Alle schienen wie erstarrt.

«Also gut, in Gottes Namen, dann mach ich halt den Anfang», seufzte die Ablassmayerin, die sich in diesen angespannten Stunden zu einer Art Wortführerin im Keller entwickelt hatte. Sie stand auf und öffnete vorsichtig die Tür. Immer noch war alles still. Willi schlug das Herz bis zum Hals. Mutter nahm Georg an die Hand. Mit der anderen fasste sie nach Willi. Der wollte protestieren — schließlich war er bereits zu alt, um noch an die Hand genommen zu werden. Doch dann sah er zu seinem Erstaunen, dass auch die anderen Frauen es seiner Mutter gleichtaten. Sogar Tante Walli, die zwar herzlich war, aber meist ruppig auftrat und bei der Willi immer das Gefühl hatte, nichts könne sie wirklich erschüttern, fasste nun plötzlich nach der Hand seines großen Bruders. Ja, mehr noch: Sogar Erwachsene hielten sich gegenseitig an den Händen! Der alte Pfaller stand Hand in Hand mit seiner Frau und auch Willis Großeltern hatten sich umfasst. Das hatte Willi wirklich noch nie gesehen — alte Ehepaare Hand in Hand wie jung Verliebte! Immer noch sprach keiner ein Wort. Irgendjemand schluchzte leise. Eng aneinander gedrängt standen sie im Keller wie eine verängstigte Schafherde. Die Ablassmayerin stieg langsam die Stufen hinauf. Zögerlich folgten ihr die übrigen.

Um die Kirche und das Pfarrhaus herum schien alles menschenleer. Von der SS war keine Spur mehr zu sehen, das ganze Dorf schien geradezu gespenstisch ruhig. Weiter entfernt, am Ortseingang bemerkte Willi amerikanische Panzer. Doch so sehr er auch Ausschau hielt, von den Soldaten war nichts zu sehen. Stattdessen entdeckte jemand den Schaden am Kirchturm. Der hatte einige Treffer abbekommen und auch das Kirchendach war teilweise abgedeckt. Im Giebel des Pfarrhauses klaffte ein großes Loch. ‹Wahrscheinlich war das die Erschütterung, die ich gespürt habe›, ging es Willi durch den Kopf.

Ohne dass sie es abgesprochen hatten, blieb die ganze Dorfgemeinschaft eng beisammen. Gemeinsam machten sie sich auf den Weg in ihre Häuser. Sie waren erst wenige Meter weit gekommen, als sie eine Patrouille amerikanischer Soldaten mit MGs die Anhöhe heraufkommen sahen. Mit gesenkten Köpfen wie geprügelte Hunde und klopfenden Herzen gingen die verängstigten Dorfbewohner ihnen auf ihrem Weg in ihre Häuser notgedrungen entgegen. Willi wagte kaum die Augen zu heben, als sie sich näherten. Zu seiner Erleichterung nahmen die Soldaten wenig Notiz von ihnen. Ungehindert ließen sie die Frauen, Kinder und Alten in ihre Behausungen zurückkehren. Bei vielen Häusern standen die Türen offen. Offenbar hatten die amerikanische Soldaten sie nach versteckten SS-Kämpfern durchsucht. Inzwischen war es später Nachmittag. Es herrschte eine eigenartige, fast gespenstische Stille. Immer noch wirkten alle wie betäubt. Keiner verlor ein Wort über die entstandenen Schäden, geschweige denn über die neue Situation. Der Stadel der Obermühle war durch den Beschuss in Brand geraten und eingestürzt. Einige beherzte Männer hatten das Feuer bereits gelöscht. Aber auch dieser Vorfall wurde nicht weiter kommentiert.

Kurz nachdem sie mit Tante Walli unbeschadet in ihre Wohnung zurückgekehrt waren, standen die Großeltern mit den wenigen Habseligkeiten, die ihnen noch verblieben waren, in der Tür.

«Die Amerikaner haben sich im Gasthaus einquartiert und kurzerhand unser Zimmer dort beschlagnahmt. Uns bleibt nichts anderes übrig, als euch um Unterschlupf zu bitten.»

Tante Walli richtete ihnen seufzend eine kleine Kammer ein. Willi fühlte sich so benommen, als hätte er einen Schlag auf den Kopf bekommen. Er begriff immer noch nicht, was in den vergangenen Stunden wirklich passiert war. Ob es den anderen auch so ging? Er fragte sich, wie es jetzt wohl weitergehen würde. Aber er traute sich nicht, diese Frage laut auszusprechen. Von den Erwachsenen sagte keiner ein Wort. Sie taten alle nur das unmittelbar Notwendige: Betten beziehen, den Tisch decken, das karge Abensessen vorbereiten. Zum ersten Mal seit Willi sich erinnern konnte, blieb an diesem Abend der Volksempfänger stumm.

Besatzung

Am nächsten Tag wachte Willi zur gewohnten Zeit auf. Er hatte tief und traumlos geschlafen. Wie gewöhnlich wollte er sich mit seinen Brüdern nach dem Frühstück auf den Weg in die Schule machen. Doch zu seinem Erstaunen hielt ihre Mutter sie zurück.

«Ist denn heute keine Schule?»

«Weiß ich nicht. Wahrscheinlich nicht. Ihr bleibt jedenfalls heute zu Hause. Wir wollen erst einmal abwarten, was weiter passiert.»

Das war noch nie vorgekommen! Seit gestern war eben alles anders als zuvor. Der Vormittag blieb ruhig. Die Amerikaner hielten sich offenbar meistenteils in ihrem Quartier beim Wirt auf. Nur einige wenige patrouillierten durch das Dorf, ließen aber Frauen und Kinder weiterhin unbehelligt. Die Enge in der Wohnung war durch die Anwesenheit der Großeltern nun noch bedrückender. Das erkannte schließlich auch seine Mutter und erlaubte ihren Söhnen schließlich nach einigem Hin und Her, das Haus zu verlassen.

«Es hilft ja nichts», meinte sie schließlich seufzend, «wir können uns ja nicht ewig hier einigeln.» Sie schärfte ihren Söhnen aber ein, in der Nähe zu bleiben und sich unter keinen Umständen zu weit zu entfernen.

«Willi, komm schnell, beim Obermüller ist was los!» Keuchend kamen seine Freunde Josef und Albert auf ihn zugerannt. Für weitere Erklärungen hatten sie keine Zeit. Josef packte Willi am Handgelenk und zog ihn mit in Richtung Obermühle. Dort hatte sich inzwischen eine kleine Menschenmenge versammelt. Willi konnte zunächst nicht erkennen, was der Grund dafür war. Dann entdeckte er den Müllerburschen Josef Baumeister. Willi kannte ihn gut. Er war seit zwei Jahren auf der Obermühle und stammte aus Grafenberg. Jetzt stand Josef mit schreckensstarren Augen inmitten der Menschenmenge, umringt von einigen amerikanischen Soldaten, die heftig auf ihn einredeten und ihn offenbar mitnehmen wollten. Der Bursche hatte Todesangst.

«Was ist los?», fragte Willi.

«Die Amerikaner wollen Josef als Kriegsgefangenen mitnehmen. Sie halten ihn für einen deutschen Soldaten.»

«Aber der ist doch erst 16! Der war doch noch überhaupt nicht bei der Wehrmacht.»

«Ja, das weißt du und das wissen wir. Aber die Amis glauben es nicht und beweisen kann er es nicht. Er hat seinen Ausweis nicht hier, der liegt beim ihm zu Hause in Grafenberg.»

Die Verständigung war schwierig. Von den Dorfbewohnern sprach niemand Englisch und die amerikanischen Soldaten verstanden kein Deutsch. Endlich kam Willis Freund Albert auf die Idee, Frau von Nordbeck zu verständigen. Sie war ebenso wie Albert aus dem Saarland evakuiert worden und sprach als einzige Englisch. Sie konnte schließlich so weit vermitteln, dass die Soldaten so lange mit einer Verhaftung warten wollten, bis ein paar Freiwillige Josefs Ausweis geholt hätten. Die Erwachsenen debattierten lange, wen man mit dieser heiklen Aufgabe betrauen könnte. Die alten Männer wären für die weite Strecke nicht schnell genug, bei den jungen Burschen bestand die Gefahr, dass sie Amerikanern begegneten, die sie ebenso wie den unglücklichen Müllerburschen für entlaufene Wehrmachtssoldaten hielten. Junge Mädchen zu schicken hielt man ebenfalls für zu gefährlich. Willi verstand allerdings nicht genau, warum. In dieser schwierigen Situation boten schließlich Willi und seine Freunde Josef und Albert ihre Hilfe an. Sie waren zu jung, um für Soldaten gehalten zu werden, gleichzeitig aber ausdauernde Läufer. In ungefähr einer Stunde hätten sie den Weg ins nächste Dorf hin- und zurückgelegt. Der Vorschlag wurde kurz erwogen, er schien praktikabel. Man würde die Kinder schicken. Die Obermüllerin eilte ins Haus und kam kurz darauf mit einem Stück eines alten, weißen Leintuchs zurück.

«Zur Sicherheit», erklärte sie. Falls ihnen Amerikaner begegneten, sollten die Kinder das weiße Tuch als Symbol der Unterwerfung und ihrer friedlichen Absichten schwenken.

Eilig machten sie sich auf den Weg. Das Schicksal von Josef Baumeister hing jetzt auch von ihrem Tempo ab! Auf der schmalen Straße waren viele amerikanische Militärfahrzeuge unterwegs. Willi war froh, dass sie die weiße Fahne dabei hatten. Immer wenn sie eines entgegenkommen sahen, schwenkten sie mit klopfendem Herzen das alte Leintuch. Nach einiger Zeit aber bemerkten sie, dass die Soldaten offenbar wenig Notiz von ihnen nahmen und sie unbehelligt ließen. Auf der engen Straße war es allerdings nicht leicht, an den breiten Fahrzeugen vorbei zu kommen, so dass den Kindern schließlich nichts anderes übrig blieb, als dicht unten den Felsen im Straßengraben zu laufen. Dort lagen teilweise noch Schneereste. Der Winter war in diesem Jahr lang und hart gewesen. Von den überhängenden Kalksteinfelsen tropfte das Schmelzwasser, die Erde war feucht und matschig. Das Vorankommen gestaltete sich mühsamer als sie gedacht hatten. Endlich hatten sie einen Großteil der steil ansteigenden Höhe geschafft, nach der letzten Linkskurve waren es nur noch wenige Höhenmeter bis zum Plateau. Ab da würden sie schneller vorankommen. Die Zeit drängte!

Plötzlich lenkte etwas ihre Aufmerksamkeit auf sich. Da, etwa vier Meter vom Straßenrand entfernt, lagen zwei Männer.

«Was ist mit denen? Sind die tot?», fragte Albert. Trotz ihrer Eile blieben die Buben nun unschlüssig stehen. Sie hatten Angst, näher an die beiden Gestalten heranzugehen, aber einfach vorbeizugehen, trauten sie sich auch nicht. Schließlich nahmen sie doch all ihren Mut zusammen und näherten sich vorsichtig. Die beiden Männer waren tatsächlich tot. Willi hatte noch nie eine Leiche gesehen. Jetzt konnte er den Blick trotz seines Entsetzens nicht abwenden. Einer der Männer lag quer zum Hang mit ausgestreckten Beinen. Seine Arme waren eng am Körper angelegt. Er trug eine blaue Jacke, graue Hose und schwarze Halbschuhe. Fast hätte man meinen können, er würde nur schlafen. Doch sein Gesicht war eigentümlich bleich, es wirkte fast wie aus Wachs. Das Gesicht des Zweiten war dagegen blaurot angelaufen. Er lag auf dem Bauch, den Kopf den Hang hinab. Er trug Uniform und Soldatenstiefel. Ja, auch der war eindeutig tot.

«Was machen wir jetzt?», fragte Josef. Eine Zeit lang standen sie unschlüssig vor den beiden Toten. Schließlich entschlossen sie sich, zunächst ihre Aufgabe zu beenden und die Ausweispapier von Josef Baumeister zu besorgen. Der lebte schließlich noch und brauchte dringend ihre Hilfe. Zurück in Emsing würden sie die Erwachsenen über ihren grausigen Fund verständigen. Die würden wissen, was zu tun war.

Nachdem sie die Ausweispapiere überbracht und von ihrer schrecklichen Entdeckung berichtet hatten, schickte der Obermüller die Kinder zum Pfarrhaus. Dort sollten sie die unbekannten Toten melden.

«Wenn ihr das erledigt habt, kommt's noch einmal her», forderte die Obermüllerin sie auf, «dann hab ich was für euch.»

Sie taten, was man ihnen aufgetragen hatte. Ein Geistlicher, den es vor einiger Zeit aus dem Rheinland hierher verschlagen hatte, machte sich daraufhin auf den Weg, um alles Nötige zu veranlassen. Die Obermüllerin gab aus Dankbarkeit für die abgewendete Verhaftung ihres Müllerburschen jedem von ihnen eine große Scheibe Brot, bestrichen mit echter Butter und Honig, dazu für jeden einen Becher Milch. Albert und Willi stürzten sich gierig darauf. So etwas Gutes hatten die beiden schon lange nicht mehr gehabt. Josef, der aus einem der größten Höfe im Dorf stammte, nahm die Gabe zwar ebenfalls dankbar, doch weit gelassener an. Abends sank Willi todmüde ins Bett. Die Ereignisse waren einfach zu viel für einen einzigen Tag gewesen.

Die Identität des Mannes in Zivil war schnell geklärt. Es handelte sich um Michael Regler, den einzigen Sohn und Hoferben eines Bauern aus dem nahegelegenen Pfahldorf. Man bahrte den Leichnam in Emsing im Martinssaal auf, bis ihn seine Angehörigen abholen würden. «Bekommt der jetzt auch ein Heldenbegräbnis?», fragte der kleine Georg seine Mutter. Die antwortete nur ausweichend. Aber Georg ließ sich nicht so einfach abspeisen.

«Ja, aber der war doch auch ein Soldat, oder nicht?», bohrte er weiter nach. «Ist er dann nicht auf dem Feld der Ehre gestorben?»

Mutter seufzte. «Das gibt's jetzt nicht mehr, Georg. Der Krieg ist aus.»

«Ja, aber wenn der Krieg jetzt aus ist, wann kommt dann Vater endlich?»

Doch auch auf diese Frage wusste seine Mutter keine Antwort.

Der unbekannte Soldat wurde in einer Ecke des Friedhofs beerdigt, neben dem Grab eines gewissen Henri Mathon, einem französischen Kriegsgefangenen, der vor einigen Jahren bei einem Fluchtversuch erschossen

worden war. Zwei Tage danach erschienen Michael Reg-
lers trauernde Eltern mit einen Fuhrwerk und ließen
ihren toten Sohn in einen weißen Sarg betten, um ihn
in seinem Heimatdorf zu beerdigen. Unter Tränen erzählten sie die Tragödie, deren Opfer er geworden war.

Wie alle anderen kriegstauglichen Männer war Michael an der Front gewesen. In den letzten Wochen hatte
er sich jedoch aufgrund einer Kopfverletzung im Ge-
nesungsurlaub daheim auf dem elterlichen Hof befun-
den. Er und einige andere Männer waren am Tag ihres
Einmarschs ins Dorf von den Amerikanern auf einen
LKW verladen worden. Wahrscheinlich wollte man sie
in ein Gefangenenlager transportieren. Genau wusste
das freilich niemand.

«Keiner von uns kann schließlich Englisch», erklärte
der alte Regler. Jedenfalls habe Michael, wohl aus Panik,
einem Posten einen Stoß versetzt und sei ungefähr in
Höhe seines Elternhauses vom Wagen gesprungen. Er
wollte weglaufen, kam aber nicht weit. Er wurde von
hinten erschossen.

«Wir waren gerade im Hof, meine Tochter und ich. Da
habe ich den Schuss gehört und einen Schrei. Ich habe
gleich zu meiner Tochter gesagt ‹Das ist unser Michel!›
und wollte hinlaufen. Aber sie hat mich festgehalten aus
Angst, dass sie mich auch noch erschießen könnten.»
Den ganzen Tag musste die Leiche an Ort und Stelle

liegen bleiben. Erst am nächsten Mittag wurde sie auf einen Lastwagen verladen und mit unbekanntem Ziel weggefahren. Später hatte das ganze Dorf die Umgebung abgesucht, ob man Michels Leichnam nicht doch noch finden könnte. Vergeblich.

«Und dann haben sie ihn also zwölf Kilometer weiter einfach irgendwo abgelegt. So weit sind wir bei unserer Suche natürlich nicht gekommen. Was für ein sinnloser Tod. Der Krieg war ja praktisch schon aus», schloss der alte Regler mit brüchiger Stimme seinen Bericht.

Allmählich drangen auch Nachrichten über die Ereignisse der letzten Tage in den Nachbarorten nach Emsing: In Greding hatten SS-Truppen die Autobahnbrücke gesprengt, um den Vormarsch der Amerikaner zu stoppen. Natürlich ohne Erfolg. In Eichstätt waren einen Tag vor Einmarsch der Amerikaner noch zwei Männer, der Hilfsarbeiter Valentin Kriegel und der Soldat Ludwig Lamour, der aus Saarbrücken stammte, auf tragische Weise ums Leben gekommen. Sie waren durch SS-Leute auf dem Leonrodplatz erhängt worden, weil sie versucht hatten, die sinnlose Sprengung der Spitalbrücke zu verhindern. Den Ermordeten hatte man Schilder umgehängt. Darauf war zu lesen: *Wer kämpfen will, kann sterben, wer's Vaterland verrät, muss sterben. Wir mussten sterben.* Als Warnung an die Bevölkerung mussten die beiden Leichen hängen bleiben und durften nicht abgenommen werden. Die Brücke wurde gesprengt, doch das stellte für die US-Truppen bei ihrem Einmarsch kein großes Hindernis dar. Ansonsten war die Stadt durch das besonnene Agieren von Oberst Otto Marschall glücklicherweise unversehrt geblieben. Er hatte sie kampflos übergeben.

Inzwischen war die alte Bischofsstadt voll mit Flüchtlingen. In den Lazaretten drängten sich zahllose Verwundete. All das interessierte die Leute in Emsing weit mehr als die Meldung, dass Göring angeblich aufgrund von Herzproblemen von all seinen Ämtern zurückgetreten war. Wenige Tage später hieß es, Adolf Hitler sei in seinem Befehlsstand in der Reichskanzlei bis zum letzten Atemzuge gegen den Bolschewismus kämpfend für Deutschland gefallen. Sein Nachfolger als Reichspräsident war nun Karl Dönitz. An vielen Orten gingen die sinnlosen Kämpfe also noch weiter. Genaues war jedoch nicht zu erfahren. Die Nachrichtenlage war schwierig, denn Zeitungen gab es schon seit ein paar Tagen nicht mehr und auch der Rundfunk funktionierte nur unzuverlässig. Wenn Hitlers Tod seine Anhänger vielleicht auch erschütterte, so zeigten sie es doch nicht offen. So viel Mut hatten sie nicht und es war angesichts der neuen Lage auch nicht mehr ratsam. Jetzt hieß es für viele nur noch, mit möglichst heiler Haut und unbeschadet aus der Misere kommen. Andere aber waren froh über das Ende des Volksverführers und konnten dies nun auch ungestraft erkennen lassen. Die meisten nahmen die Nachricht lediglich mit einem Schulterzucken auf. Was hatte das schließlich mit ihnen und ihrem Leben zu tun? Auch wenn andernorts noch weiter gekämpft wurde, war für die meisten Dorfbewohner der Krieg endlich beendet.

Nun galt es, den Alltag so gut wie möglich zu bewältigen und das war schwer genug. Mehr als eine Woche waren die fremden Besatzer schon hier. Die ursprüngliche Angst war einem vorsichtigen Aufatmen gewichen. Wenn man sich ruhig und unauffällig verhielt, hatte man von ihnen anscheinend bis auf weiteres wenig zu befürchten. Die Bäuerinnen mussten allerdings zähneknirschend zur Kenntnis nehmen, dass die Soldaten ständig hinter frischen Eiern her waren, die sie in ihren Stahlhelmen einsammelten, wo immer sie sie fanden. Auch wenn die Frauen darüber alles andere als erfreut waren, wagten sie doch nicht, Einspruch zu erheben. Besser, die Amerikaner waren nur hinter Hühnereiern als hinter Frauen her. Man hatte schon schlimme Geschichten aus den von den Russen besetzten Gebieten gehört. Dort wurden Frauen und Mädchen angeblich reihenweise vergewaltigt. Immerhin stahlen die Soldaten die Eier nicht einfach, sondern „bezahlten" sie mit Keksen, Schokolade oder einem merkwürdigen, in Papier eingewickelten länglichen Etwas, das sie *Tschuingam* nannten, eine süßliche Masse, die man nur kaute, aber nicht hinunterschluckte. Die Kinder waren verrückt danach. Die scheinbar nie versiegende Quelle an Süßigkeiten ließ das Eis zwischen ihnen und den Fremden schnell schmelzen. Überhaupt waren diese Männer ganz anders als sie es von den Wehrmachtssoldaten gewohnt waren. In ihrer unbekümmerten Art wirkten sie überhaupt weniger wie Männer als vielmehr wie Jugendliche. Im Gasthaus, wo einige von ihnen einquartiert waren, legten sie die Füße auf den Tisch, während sie sich lachend und auf ihrem obligatorischen *Tschuingam* kauend unterhielten. Füße auf dem Tisch! Die Wirtin sah es nicht gern, wagte aber nicht dagegen einzuschreiten. Mangel schienen die Amerikaner überhaupt nicht zu kennen. Kaum hatten sie sich eine Zigarette angesteckt, warfen sie sie schon wieder nur halb geraucht achtlos auf den Boden. Die Kinder verfolgten deshalb jeden ihrer Schritte aufmerksam. Tabak war schließlich eine der wertvollsten Tauschwährungen dieser Tage. Jede der aufgeklaubten, halb gerauchten Zigaretten versprach ein kleines Vermögen.

Die strengen Vorschriften zur Lebensmittelabgabe, die den Alltag im Dorf latent geprägt hatten, schienen mit einem Mal vorbei zu sein. Die Amerikaner hatten zumindest im Moment offenbar Wichtigeres zu tun, als sich um die Kontingentierung zu kümmern. Die Bauern nutzten die Gunst der Stunde. In einigen Höfen wurde wieder gebuttert und wer ein schlachtreifes Schwein hatte, ergriff die Gelegenheit und schlachtete. Plötzlich brauchte man dazu keine Genehmigung mehr. Für Willi und seine Brüder waren Schlachttage Festtage. Mit einem Löffel halfen sie mit, die Borsten des Tieres abzureiben und bekamen anschließend für ihre Arbeit ein Stück Schwarte, Schweinebauch oder Schmalz.

KAPITULATION

Vieles wirkte plötzlich auf merkwürdige Weise unbestimmt. Frau Leimer war zwar noch da, sie hatte sich und ihren Kindern nichts angetan. Trotzdem fand kein Unterricht statt. Die Schule war von den fremden Soldaten besetzt und niemand machte sich die Mühe, nach einem möglichen Ausweichquartier für die Kinder zu suchen. Der Ausfall des Unterrichts schien im Moment niemanden zu kümmern. Selbst Willis Mutter, die den schulischen Leistungen ihrer Söhne immer große Aufmerksamkeit gewidmet hatte, nahm die Veränderung nur mit einem Achselzucken zur Kenntnis.

Sophie versuchte sich vor den Kindern nichts anmerken zu lassen, aber die Sorge um ihren Mann raubte ihr fast den Verstand. Lebte er überhaupt noch? Sie wusste es nicht. Aus Berlin war keinerlei Nachricht zu bekommen. Jeden Tag ging sie zum einzigen Telefon am Ort und versuchte, irgendjemanden zu erreichen. Es war ein sinnloses Ritual, sie wusste es selbst. Das Telefon in ihrer Berliner Wohnung war längst tot, das in der Firma ebenfalls. Vielleicht waren ja Wohnung und Firma längst dem Bombenhagel zum Opfer gefallen. Auch der Postverkehr funktionierte nicht mehr. Ihr blieb nichts anderes übrig als zu hoffen und zu beten. Lange konnte es doch jetzt nicht mehr dauern, irgendwann musste das sinnlose Gemetzel doch auch in Berlin und andernorts vorbei sein. Jeder weitere Tag erschien ihr wie eine Ewigkeit.

DEUTSCHLAND HAT KAPITULIERT!

DER KRIEG IST AUS!

Die ersehnte Nachricht verbreitete sich wie ein Lauffeuer. Wilhelm Keitel, Chef des Oberkommandos der deutschen Wehrmacht, hatte die Kapitulationsurkunde im sowjetischen Hauptquartier in Berlin unterzeichnet. Nach mehr als fünf Jahren, Millionen von Toten und Verwundeten, Obdachlosen, Vertriebenen, nach Zerstörung und Verwüstung von Städten und ganzen Landstrichen war endlich Frieden.

«Wann kommt Vater?» Georg sprach aus, was auch

Willi schon lange umtrieb. Der Krieg war zwar aus, aber von ihrem Vater hatten sie nach wie vor keinerlei Lebenszeichen. Die Sorge um ihn ließ Willi keine Ruhe. Tagsüber war er abgelenkt, aber abends, vor dem Einschlafen, kehrten die quälenden Gedanken zurück. Vielleicht hatten die Russen ihn irrtümlich für einen geflohenen deutschen Soldaten gehalten und kurzerhand erschossen — so ähnlich wie es dem armen Michael Regler ergangen war. Vielleicht hatten ihn SS-Leute ermordet, weil er etwas Falsches gesagt oder getan hatte, so wie die beiden Männer, die man in Eichstätt erhängt hatte. Möglicherweise war er auch bei einem der Luftangriffe ums Leben gekommen. Willi hatte in den letzten Wochen zu viel Schreckliches gehört, gesehen und erlebt. Er wusste, alles war möglich und das machte ihm Angst.

An einem schönen Tag Ende Mai war er dann plötzlich da. Unrasiert, mit zerzaustem Haar, eingefallenen Wangen, dreckigen und zerrissenen Hosen und Jackett, ausgehungert und völlig erschöpft. Aber er lebte. Hungrig stürzte er sich auf das bisschen Brot und den Eintopf, den ihm Sophie aus dem Wenigen, was sie auf die Schnelle zur Verfügung hatte, zubereitete. Mit den Antworten auf ihre drängenden Fragen, was genau passiert war, musste sich die Familie allerdings gedulden. «Später. Alles später. Lasst mich erst schlafen.»

«Ich habe mich über die Grüne Grenze hierher zu euch durchgeschlagen», erklärte er ihnen am nächsten Tag. «Die Russen haben die komplette Firma demontiert. Alles was nicht niet- und nagelfest war, haben sie in Richtung Sowjetunion abtransportiert. Nicht nur Geräte und Maschinen, nein, auch viele Facharbeiter und Ingenieure, soweit sie ihrer habhaft werden konnten. Schmidt haben sie mitgenommen und Bagorski ebenfalls. Ich glaube, auch den Winter. Ich hab's gerade noch rechtzeitig geschafft zu entkommen. Mitnehmen konnte ich nichts. Ich besitze nur noch das, was ich auf dem Leib trage. Hätte ich mich auch nur ein paar Stunden später auf den Weg gemacht, hätte ich wahrscheinlich keine Chance mehr gehabt.»

Er hatte sich aus Furcht vor russischen Soldaten möglichst versteckt gehalten, hatte lange Umwege in Kauf nehmen müssen, um abseits der Wege zu gehen.

«Die Straßen sind voll mit Flüchtlingen. Tausende, ja Zigtausende sind auf der Flucht, die meisten ohne konkretes Ziel und ohne Perspektive. Sie haben genau wie ich nur ihr nacktes Leben gerettet.»

Berlin war nur noch eine Trümmerstadt, erzählte er weiter. Zehn Tage lang war in der Stadt erbittert gekämpft worden.

«Sie haben die Stadt in die Zange genommen. Überall kam es zu Straßenkämpfen. Es war das reinste Chaos.

Aber die Russen waren nur das eine Problem. In einem seiner letzten Führerbefehle hat dieser Wahnsinnige noch angeordnet, jeden als Volksverräter zu erschießen oder zu erhängen, der Maßnahmen propagiert, die die deutsche Widerstandskraft schwächen. SS-Fanatiker haben auf den Straßen gewütet, als doch schon längst alles verloren war. Viele Menschen haben tagelang in den überfüllten Luftschutzkellern ausgeharrt. Auf den Straßen war es lebensgefährlich. Es war ein Albtraum. Unmöglich, euch irgendeine Nachricht zukommen zu lassen. Ich war nur froh, euch in Sicherheit zu wissen.»

TRÜMMERLAND

Für Willi und seine Freunde begann eine sorglose Zeit. Unterricht fand immer noch keiner statt und endlich konnten sie auch wieder frei und ohne Angst vor „Kettenhunden" oder Kampfhandlungen herumstreifen. Nicht nur das, sie fanden auch jede Menge neues Spielzeug. Denn überall im Gelände konnte man jetzt herrenlose Gewehre, Handgranaten, ja einmal sogar eine Panzerfaust finden, dazu jede Menge Munition. Es knallte ordentlich, wenn man die abfackelte. Sie machten sich einen Spaß daraus, damit zu experimentieren und herauszufinden, auf welche Weise man den größten Effekt erzielen konnte.

Die Familie schlug sich durch. Vater war zum Glück ein geschickter Handwerker. Er half auf der Obermühle mit, da gab es häufig etwas zu tun. An manchen Tagen fand er auch Arbeit bei Bauern. Tante Walli überließ Sophie ein kleines Gemüsebeet in ihrem Garten. Wie alle Flüchtlingsfrauen ging Willis Mutter im Sommer zum Beerensammeln. Zum Glück meinte es das Wetter in diesem Jahr gut mit ihnen. Es gab Früchte in Überfülle und später im Jahr dann ebenso reichlich Pilze. Sie brachten Abwechslung in den ansonsten recht eintönigen Speiseplan. In den Nadelwäldern wuchsen Täublinge, Maronenröhrlinge, Steinpilze und Pfifferlinge und viele andere mehr. Willi mochte die Schirmlinge am liebsten. Ihr Geschmack erinnerte ein wenig an Kalbfleisch.

Eines Abends lauschte er, wie sich die Eltern nebenan leise unterhielten.

«Und wie soll es jetzt weitergehen?», fragte Mutter.

«Ganz ehrlich, Sophie, ich weiß es nicht. Du siehst ja selbst, dass das ganze Land in Trümmern liegt. Eine Zukunft gibt es für uns absehbar nirgends, hier nicht und auch nicht anderswo. Nach Berlin können wir auf keinen Fall zurück. Die Stadt ist ein einziger Trümmerhaufen. Noch dazu haben die Siegermächte sie in vier Zonen aufgeteilt. Unsere Wohnung liegt im russischen

Sektor. Dorthin zurückzukehren würde für mich mindestens Gefängnis oder Deportation bedeuten. Arbeit habe ich ohnehin keine mehr. Und so schnell wird sich das dort auch nicht ändern. Es wird Jahre, vielleicht Jahrzehnte dauern, bis die Schäden beseitigt sind. Wer weiß, vielleicht passiert das auch nie mehr. Berlin ist am Ende. Das ganze Land ist am Ende. Man sieht es ja selbst hier. Flüchtlinge überall, nirgendwo mehr ein freier Fleck, wo man unterkommen könnte, und keine Hoffnung auf eine Verbesserung.»

Sophie seufzte. «Ich hätte nie gedacht, dass ich einmal in einem Dorf leben würde — schon gar nicht unter diesen Bedingungen. So vieles ist völlig anders gekommen, als wir uns das erhofft oder erträumt hatten. Gestern ist mir plötzlich eine ganz banale Alltagsszene aus Berlin in den Kopf gekommen. Ich weiß gar nicht, warum. Wie ich in unserem Haus saß und ein Modemagazin durchgeblättert habe, während die Kinder draußen spielten. Die Erinnerung kam mir ganz unwirklich vor, als sähe ich das Leben einer fremden Frau vor mir. Wann hatte ich das letzte Mal Zeit an so etwas wie Mode überhaupt zu denken? Ich weiß es nicht. Es ist Ewigkeiten her. Meine Gedanken beziehen sich nur noch auf die unmittelbare Zukunft: genug Brot für uns alle, vielleicht ein Stück Fleisch, ein bisschen Stoff, um die Hosen der Kinder zu flicken oder Wolle, um ein Paar Socken zu stricken. Weiter reicht es nicht. Erschreckend, findest du nicht? Ich habe überhaupt keine Energie mehr, um weiter in die Zukunft zu denken und noch viel weniger, um darüber nachzudenken, was passiert ist, wie es soweit überhaupt kommen konnte. Es kostet mich schon meine ganze Kraft, den Alltag zu bewältigen. Oft möchte ich mich einfach nur aufs Sofa setzen und heulen. Aber ich zwinge mich, weiterzumachen — irgendwie. Weitermachen, jeden Tag, einfach nur weitermachen. Das sage ich mir innerlich jeden Morgen beim Aufwachen vor und abends beim Schlafengehen wieder genauso. Aber wenn ich ehrlich bin — wenn du und die Kinder nicht wären... Ich weiß nicht, ob ich überhaupt noch weitermachen möchte. Vielleicht ist es eine Sünde, so zu denken. Schließlich sind wir unversehrt und am Leben. Wir haben niemanden verloren und wir können sogar von Glück sagen, dass wir hier untergekommen sind. Andere hat es viel schlimmer getroffen. Das weiß ich alles und ich weiß, dass ich dankbar sein sollte. Aber ich bin so müde, so ausgelaugt. Diese Jahre haben mich zermürbt. Nicht nur der Krieg allein, obwohl der ja schlimm genug war, nicht nur der tägliche Mangel an allem, sondern vor allem auch diese allgegenwärtige Stumpfheit und Brutalität von Hitlers Anhängern, seinen Schergen, die latente, aber allgegenwärtige Angst vor einer falschen Äußerung, einem falschen Blick. Und dann... Dann ist da noch das andere, das Unaussprechliche, vor dem wir alle die Augen verschlossen haben, weil es zu schrecklich war. Du weißt, was ich meine: die Lager. Was dort passiert ist, daran wage ich gar nicht zu denken. Wie hat es nur so weit kommen können? Wie war das möglich? Ich begreife es immer noch nicht.»

Sie beschlossen bis auf weiteres hier zu bleiben und auszuharren. Nach einem halben Jahr Unterbrechung begann im Herbst endlich wieder die Schule. Willi hatte sie eigentlich nicht vermisst. Rudi besuchte jetzt das Gymnasium in Eichstätt. Er war der einzige aus dem Dorf und stolz darauf. Willi ging wie alle übrigen Kinder weiterhin in die Schule am Ort. Frau Leimer unterrichtete wieder. Sie hatte sich nicht das Leben genommen. Sie schien zwar die alte zu sein, doch die Unterrichtsthemen hatten sich ein wenig verändert. Es gab keine spannenden Geschichten von tapferen deutschen Soldaten mehr, in der neuen Fibel für die Erstklässler fanden sich keine Geschichten mehr wie die von Wolfgang, der zu Weihnachten SS-, SA- und HJ-Figuren bekommen hatte und die Willi so gern gelesen hatte. Auch das schaurigschöne Buch *Der Giftpilz* zeigte Frau Leimer nicht mehr herum. Nach einigen Wochen stellte Willi außerdem fest, dass in allen Lesebüchern die Seiten mit den Gedichten auf den Führer fehlten. Irgendjemand musste sich die Mühe gemacht haben, sie herauszureißen.

Es gab noch andere Veränderungen. In den vergangenen Monaten waren viele weitere Flüchtlingskinder nach Emsing gekommen. Die kleine Schulstube reichte für die Menge kaum mehr aus. Auffallend viele Mädchen trugen jetzt neue, rote Schürzen. So waren die Naziflaggen wenigstens noch zu etwas gut gewesen. Das Kreuz, das früher in eine Ecke verbannt gewesen war, hatte einen neuen Platz bekommen. Es hing nun dort, wo früher das Bild Adolf Hitlers geprangt hatte.

Über die Ereignisse der vergangenen Jahre wurde nicht gesprochen.

Nachwort und Danksagung

Das Thema „Kriegskinder" interessiert mich schon seit längerem. Mehr als die Kriegsgräuel beschäftigt mich dabei insbesondere die Frage, wie Kinder durch die gezielte Propaganda zu überzeugten Nationalsozialisten erzogen werden sollten. Inzwischen gibt es leider nur noch wenige Zeitzeugen, die über die Geschehnisse berichten können. Durch Zufall kam ich mit Herrn Willibald Dirsch in Kontakt, der die damaligen Ereignisse in Emsing als Kind miterlebt hat.

WahnTraumLand ist ein fiktiver Text und die handelnden Personen sind literarische Gestalten, jedoch basiert die Erzählung hauptsächlich auf den Kindheitserinnerungen von Willibald Dirsch, dem ich an dieser Stelle herzlichst für seine wertvollen Beiträge danken möchte.

Mein Dank gilt auch meinem Autorenkollegen Richard Auer, der den Kontakt zu Herrn Dirsch angebahnt hat. Ebenso bedanke ich mich bei Herrn Josef Ettle und meiner Mutter Rosa Schinagl für wertvolle Hintergrundinformationen.